車恩實

在這個名叫地球，又小又充滿危險的星球當中，沒有什麼經歷能比讓他人成為我們的一分子更加神奇和令人興奮。我們努力和你在這個圈子裡一同相處。著作的繪本有《發生什麼事？》、《蓋了房子》、《等我一下》等。

我們一起
우리 같이

作　　　　者	車恩實
譯　　　　者	陳靜宜
封 面 設 計	許紘維
美 術 設 計	簡至成
行 銷 統 籌	駱漢琦
行 銷 企 畫	劉旂佑
營 運 顧 問	郭其彬
業 務 發 行	邱紹溢
童 書 顧 問	張文婷
副 總 編 輯	賴靜儀（第三編輯室）
出　　　　版	小漫遊文化／漫遊者文化事業股份有限公司
地　　　　址	台北市103大同區重慶北路二段88號2樓之6
電　　　　話	(02) 2715-2022
傳　　　　真	(02) 2715-2021
服 務 信 箱	service@azothbooks.com
網 路 書 店	www.azothbooks.com
臉　　　　書	www.facebook.com/azothbooks.read
服 務 平 台	大雁出版基地
地　　　　址	新北市231新店區北新路三段207-3號5樓
電　　　　話	(02)8913-1005
傳　　　　真	(02)8913-1056
劃 撥 帳 號	50022001
戶　　　　名	漫遊者文化事業股份有限公司
書 店 經 銷	聯寶國際文化事業有限公司
傳　　　　真	(02)2695-4083
電　　　　話	(02)2695-4087
初 版 一 刷	2024年4月
定　　　　價	台幣360元

ISBN　978-626-9835-5-3

國家圖書館出版品預行編目 (CIP) 資料

我們一起! / 車恩實圖. 文 ; 陳靜宜翻譯. -- 初版. -- 臺北市 : 小漫遊文化, 漫遊者文化事業股份有限公司出版 : 大雁出版基地發行, 2024.04
56 面 ; 23 × 23 公分
譯自 : 우리 같이
ISBN 978-626-98355-5-3(精裝)
862.599　　　　　　　　　　　　　　　　　　113003478

漫遊，是關於未知的想像，嘗試冒險的樂趣，和一種自由的開放心靈。
www.facebook.com/runningkidsbooks

小漫遊

小漫遊文化

大人的素養課，通往自由學習之路
www.ontheroad.today

遍路文化
on
the road

遍路文化‧線上課程

我們一起

車恩實／文圖　　陳靜宜／翻譯

啊！

我也……！

跳一躍！

啊！

咚！

一、二、三、四、五、六⋯⋯
⋯⋯二十四、二十五？
這裡有敵人入侵！

給我找出來！

我想到了一個好點子！

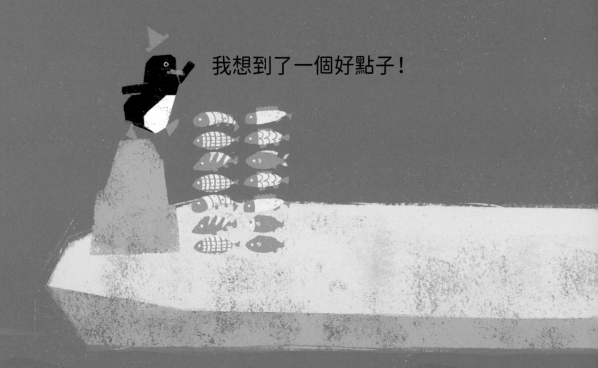

是誰？　　　　　　　　　　　　敵人好可怕！

　　誰是敵人？　　　　　　　　　　　　我睡飽了！

能潛300公尺水深的勇士在哪裡？
來這邊！

往這邊嗎？

就跟著我吧。

是我，我！

我來了！

一起抓魚時有受過傷的，
去那邊！

我腳上有！

我這邊、那邊都有！

我屁股上有！

離開南喬治亞島一起到這裡的，
來這裡！

我好懷念故鄉的味道。

我也是！

我也是！

我是那邊來的耶！

就是你啊！ 你說我？

我們的腳都是一樣的顏色耶！
找到了，你是敵人！

好奇怪！

真的耶？

兩隻腳都是
黃色的啊！

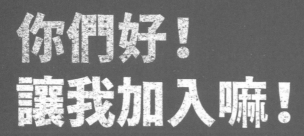

你們好！
讓我加入嘛！

又有敵人入侵！

毛色是一樣的啊？

你名字叫什麼？

你什麼時候加入的？　是你嗎？

嗨？

我也想加入大家⋯⋯

熊追來了，動作快！

往前！往前！

小心！
抓住我的手！

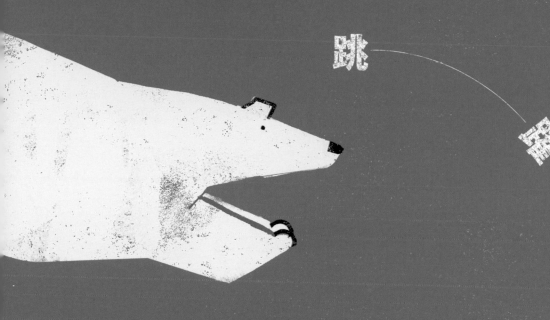

跳

啊！

喔！喔！喔？

放過我們！

別擔心，我抓住你了！

那是什麼？

熊先生，你超大的！

熊先生，你可以出去嗎？

你跟我們腳的顏色
也不一樣嘛！

又來了！又來了！
又有敵人入侵！
小心！全～部～就位！

嘿喲！嘿喲！（用力聲）

熊先生，你屁股閃一邊啦！

出去啦！出去啦！

讓我也上去！

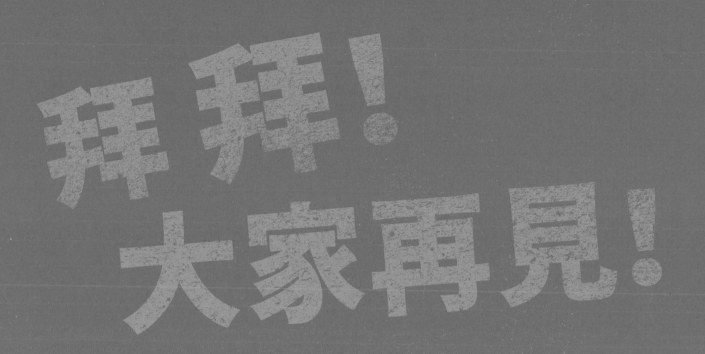

拜拜！
大家再見！

咕嚕咕嚕！

呼！終於解決了！

好餓喔！

好險！

我也是！

得救了！

我也是！

撲通！

我也去抓魚！

一起去！

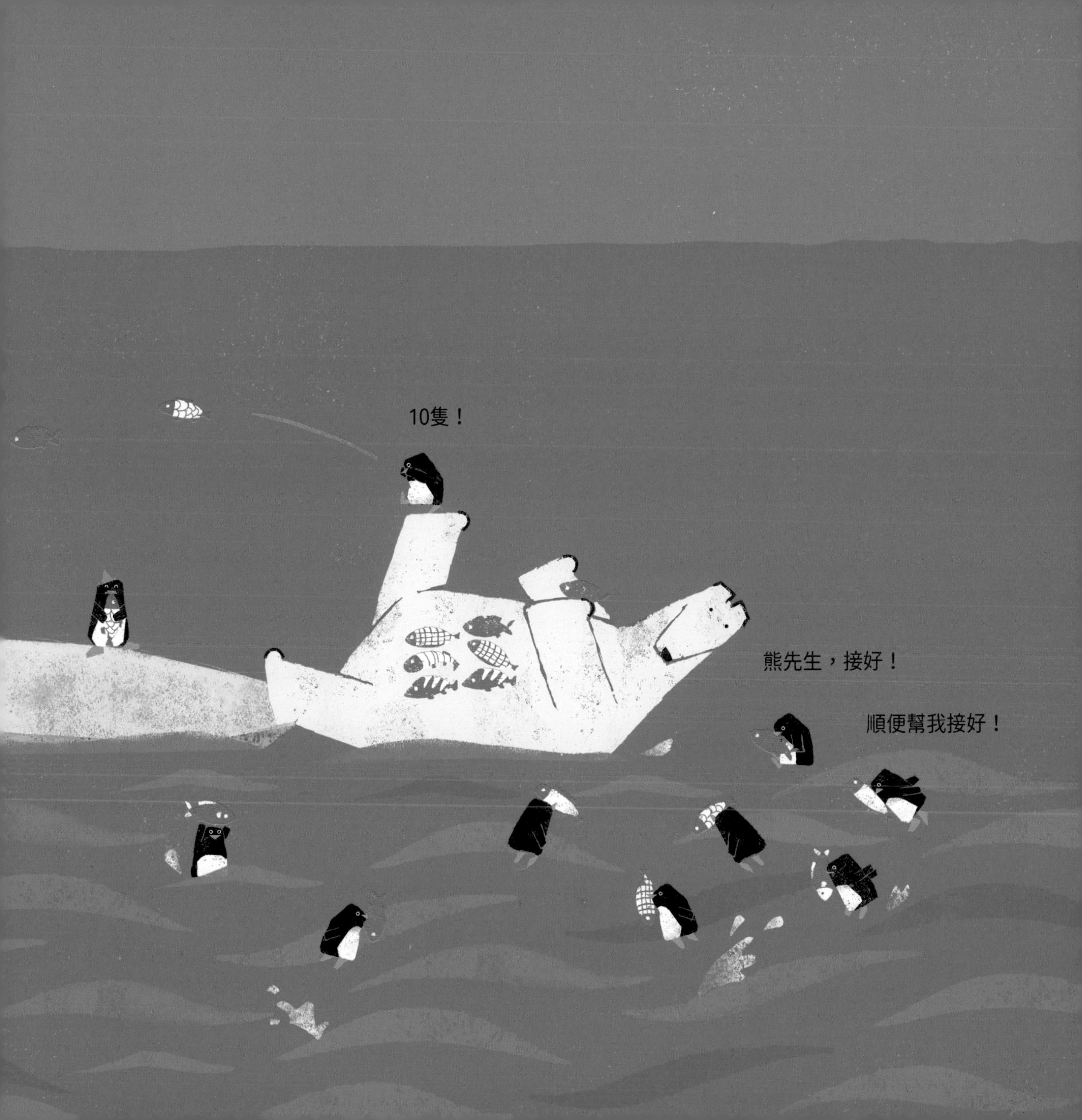
10隻！
熊先生，接好！
順便幫我接好！

我們一起往前划！
往前划！